KB231774

물고기가온다

국립중앙도서관 출판시도서목록(CIP)

물고기가 온다 : 김형술 시집 / 김형술 지음.
— 파주 : 문학동네, 2004
　p. ;　cm
ISBN　89-8281-899-5　02810 : ₩7000
811.6-KDC4
895.715-DDC21　　　　CIP2004001935

물고기가 온다

김
형
술

시
집

문학동네

세상에는 참 많은 물고기들이 있다.

어떤 물고기는 제 안을 들여다보고

어떤 물고기는 제 바깥을 넘어다보고

어떤 물고기는 지금 여기를 노래하고

어떤 물고기는 여기 너머 저기를 노래하고

큰 목소리를 가진 물고기와

거의 들리지 않을 만큼 속삭이는 목소리를 가진 물고기,

저잣거리에 서 있는 물고기,

사막에 앉아 있는 물고기,

커다란 그림자들 드리운 물고기,

불꽃을 뿜어대는 물고기, 물고기, 물고기들……

이 물고기들을 무엇으로 잡지?

차례

自序

바닷가의 의자

I

그 바닷가엔 언제나 낡은 의자 하나가
놓여 있다

고양이갈매기, 구름 그림자,
세피아 모노톤의 폭풍우……에 발을 담그고
날마다 다른 물빛
날마다 새로운 바람 내음을 품은 채

II

날개에 제 길을 새긴 채 저녁을 끌고 온
녹색부전나비 한 마리

단 한 마리의 나비를 위해서도

바다는 수천 개의 의자를 내어준다

천 개의 바람
천 개의 안개
열세 개 신생의 달로 빚어져
바다를 건너는
푸르디푸른 의자들의 행렬

너무 많은 팔을 가져 아무도 안아줄 수 없고
너무 많은 해류를 가져 아무 곳에도 가 닿을 수 없는
바다는 수많은 낡은 의자들의 창고
세상에서 가장 큰 의자수리 공장

III

그 바닷가엔
누군가 버려두고 간 수많은 노래들이
오래된 의자처럼 앉아 있다

눈검정이떼[*]의 울음
알락도요새 발자국
아직 아무 의자도 만나지 못한
또 누군가를 기다려
큰 물결로 올 심해의 침묵으로
음표를 키우며

* 눈검정이 : 청어의 동해안 방언.

물고기의 말

물고기의 혀는 천 개
혹은 달

가만히 혀를 뱉어 모래 속에 묻는
물고기의 모국어는 침묵

끊임없이 물결을 흔들어
날마다 새로운 청은(靑銀)의 바다를
낳아 키우는
물고기 입 속은 꽃보다 붉고

물고기가 묻어놓은 말들 속에서
일어서는 물기둥
뭍으로 오는 힘찬 물이랑
바람

세상에서 가장 큰 말을 가지고도

아무 말 하지 않는
물고기의 혀는 불

물 속의 투명한 불꽃

보일러, 보일러

한밤중 어둠 속에 깨어 있는 건 굶주린 밤고양이만은
아니다 누구에게 따귀를 맞은 듯 가위눌린 잠에서 걸어나
오면 어디선가 혼신으로 앓고 있는 목소리

바람 일제히 닫힌 창문 쪽으로 불고 겨울 달빛 고드름
으로 서 있는 골목길, 허술한 처마 아래 파아랗게 눈뜬 채
어둠을 응시하는 저 눈빛

제 안의 검은 말들을 태워, 제 몸 속 차가운 눈물줄기들
태워 한 줌 온기로 노곤한 집들의 잠을 지키는 저 조그만
몸 속 반짝이는 수많은 불의 씨앗들

길 잃은 신발의 꿈들 찬 달빛 비껴 잠재우고 어린 밤고
양이 허기를 먼 별빛으로 들어올린다 허술히 버려진 집 한
켠에 숨어서 제 몸 속 한기로 무딘 온기를 벼리는 저 형형
한 눈빛들 꺼지지 않아

온밤 내 거친 잠 속의 불씨들 다독인다 차가운 지붕을
어루만지며 지상으로 내려오는 순한 별빛들 받는다 인적
드문 골목마다 일어서는 저 낮고 가열찬 심장의 박동 소리

선홍빛, 꽃내음나는 새벽으로 성큼성큼 걸어간다

물고기가 온다

안개처럼 물고기떼는 밤을 건너온다
지붕 위의 고양이 날카롭게 울면
누군가 흐린 잠에서 걸어나와
퍼덕이며 눈앞을 지나치는 흰 물고기떼를 헤아린다

벽이 젖는다
어둠은 싱싱한 해초 냄새를 풍긴다

굽은 골목 전신주 아래
처마 밑, 베란다, 침대……
거친 잠 한가운데
물고기떼는 푸른 알을 낳는다

알 속에서 풍랑 이는 바다와
갓 태어난 바람, 물결이 부화한다
어둠은 거침없이 벽 사이를 흐르고
벽마다 반짝이는 비늘이 돋아

천지 가득 검푸른 바다는 출렁인다

흰 날개를 가진 새들이 돌아오고
결마다 꽃씨를 품은 바람이 새들을 품는다

벽 속에 숨은 눈들이 말갛게 눈을 뜬다

물고기떼는 언제나
기척도 없이 어둠을 건너온다
나무들 향기로운 잎새를 피워올리고
샘마다 시린 수맥이 차오른다

물고기떼가 온다
벽이 눈뜬다
꽃잎 같은 먼 아침과 마주 선다

헬리콥터가 떠 있었다

비틀거리며 지하도 계단 모퉁이를 돌아서다 이제 막 식
사를 시작하는 그와 눈이 마주쳤다 헬리콥터 한 대가 머리
속에서 뛰쳐나왔다 인적 끊어져 괴괴한 백열등 불빛 아래
차려진 늦은 밤 그의 저녁상

고개를 돌려 그의 곁을 지나쳐 도망치듯 황급히 지하도
를 빠져나왔다 헬리콥터 한 대가 앞에 떠 있었다 비닐봉지
에 뒤섞인 붉은 김치와 찬밥덩이, 생선꼬리와 녹슨 숟가
락, 깡통들을 자꾸만 취기 위로 쏟아부으며

헬리콥터 날개 위 누군가의 퀭한 눈이 자꾸만 나를 내
려다보고 있었다 헬리콥터 한 대가 정수리쯤에 떠 나를 따
라오고 있었다 푸드득푸드득 굉음을 내며 앞서거니 뒤서
거니

황금빛 색전구로 치장한 건물들, 화안하게 불 밝힌 나
무와 집들 사이로 헬리콥터 한 대가 흔들리는 꽃장식 케이

크 상자 위로 집요하게 내려앉고 있었다 아무 집도 흔들리지 않고 아무 나무도 불 꺼지지 않는 거리

달은 어디쯤 떠 있을까

가짜 별장식이 달린 천장의 어둠 속까지 커다란 헬리콥터 한 대가 따라왔다 아무 소리도 내지 않은 채 끊임없이 잠 속으로 무언가를 내려놓았다 덥수룩한 수염, 악취나는 의복……

헬리콥터가 떠 있었다 눈 부릅뜬 헬리콥터가 밤새도록 떠다녔다 끝내 달은 떠오르지 않고

안녕하세요! 물고기

물고기들이 쏟아져내렸다
이른 아침
거리마다 퍼덕이는 물고기들로 가득 찼다

춤추는 물고기들을 우산 끝에 매달고 사람들이 집을 떠나자
가지마다 꽃처럼 반짝이는 물고기들을 매달고
나무들이 집 쪽으로 걸어왔다

호주머니에서 물고기를 꺼내 꽃을 사고
물고기로 신문을 사고 커피를 마시는 동안
물고기를 가득 실은 비행기가
지붕 위를 천천히 날아갔다

사람들이 눈웃음으로 물고기를 주고받는 동안
입을 벌려 물고기를 삼킨 아이들은
싱싱한 비린내를 풍기고

머리 위에 물고기집을 지은 노인들은
흔들릴세라 조심스런 걸음으로
처마 밑을 걸었다

어두운 벽들마다 물고기가 피었다
비늘인 양 물고기들을 매단 채
아가미를 단 듯 부드럽게 벽들이 숨을 쉬었다
어슬렁어슬렁 뒷짐을 진 채
건널목을 건너오던 저녁이
오래 벽을 마주 보며 서 있다가
눈을 반짝이며 큰 목소리로 노래를 부르기
시작했다

안녕하세요!! 물, 고, 기

독서

저녁 내내 불타는 집 가에 서 있었다
먹구름떼 빠르게 서쪽으로 달려갔고
비수 같은 별빛 몇 구름을 찢고 날아내렸다

기우뚱거리는 의자
무심히 지붕 위로 날아가는 비둘기

나는 집을 읽었다
몸 안에서 새로운 서랍 하나가 닫혔다

눈 내리는 숲 가를 서성이는 검은 말 한 마리
집을 버린 자리에 서 있었다
검은 말 한 마리로는 숲의 묵언을 읽을 수 없어
말의 발자국을 버리고 돌아섰을 때

얼어붙은 강가에서
투명한 얼음장 아래 누운 시계들을 만났고

낯익은 숫자들이 두런두런
난간 없는 다리를 건너가는 것을 보았다

교회 종각 위에 앉아 달을 쪼는
어린 까마귀의 새벽
어둠 가득히
반짝이는 문들을 매단 집들은 태어났다
지붕 위로 천천히
푸른 구름들이 걸어오는 집

집들이 불타고 있었다
마당 한켠 불붙은 쇠의자 곁에서
누군가 묵묵히
정오의 그림자로 집을 지우고

이미 읽혀진 서랍들이 툭툭
햇빛 속에 온종일 열리고 또 닫혔다

어둠 속의 흰 말

말 한 마리가 방으로 들어왔다

어둠은 문 옆에 서 있는 말을 가볍게 들어올려 액자처럼, 벽에 걸어놓는다 나는 침대처럼, 누워서 무표정한 말의 몸을 바라본다 어둠에 속하지 않는, 어둠이 지우지 못하는, 어슴푸레 빛을 내뿜는 흰 몸

내가 말, 이라고 단정짓는 순간, 어느새 그것은 구름으로 바뀐다 구름에서 의자로, 의자에서 비수로, 전화기, 빗방울, 선혈 머금은 바위가 되어 둥둥 떠다닐 뿐 말은 잡히지 않는다

어둠 속에 가득한 말의 발자국

희미한 말의 발자국에 귀를 열면, 꽃이며 분화구, 풀밭인 발자국들이 내 몸에 찍힌다 떠도는 말의 문신들이 몸을 가득 채운다 무거운 몸이 가라앉는다 내딛는 곳이 길인,

결코 길을 갖지 않는 말의 무리

말을 버리고 말없는 벽 쪽으로 돌아눕자 침묵 속에서,
마디마디 살을 저며 몸을 벼린, 앙상한 뼈만으로 말은 걸
어나온다 나는 말의 뼈를 본다 비로소 휘날리는 말의 갈기
를 본다 희디흰 말의 뼈가 되기 위해 몸을 일으키자 내 몸
을 딛고 서는 삐걱거리는 말의 뼈, 거대한 말의 눈이 나를
빠안히 내려다본다

말이 한 마리 몸 속으로 들어왔다 나는 아무 말도 하지
않는다 손가락 끝에서, 감은 눈에서, 낡은 의자가 일어선
다 숨죽인 입술을 열고 피 묻은 구름과 칼이 몸 밖으로 걸
어나간다

툭, 옷가지처럼 벗겨진 어둠이 춤추듯 벽에서 떨어져내
린다

풍경

그릇집에 가서 종을 샀다 밥 담을 그릇을 사러 갔다가
엎어놓은 밥그릇 같은 유리종을 샀다 제 속에 투명한 기둥
하나를 세워두고 있는 그릇, 넌 왜 태어났느냐 묻기도 전
에 딸그락딸그락 비닐봉지 속에서 저 혼자 중얼거리는 이
상한 밥그릇

창틀에 빈 그릇을 매달았다 거꾸로 매달린 그릇 하나 쟁
그렁쟁그렁 허공을 흔든다 쟁그렁쟁그렁 웃음소리를 내며
밥과 국과 찌개들을 태어난 곳으로 되돌려보낸다 향기로
운 밥이 들판으로 날아간다 시내로 바다로 국과 찌개가 날
아간다 밥과 국과 반찬을 날려보낸 빈 그릇 속으로 시리게
향기로운 하늘이 슬그머니 와 담긴다

향기로운 구름이 천천히 걸어온다
방 안에, 창 밖에 가득한 청결한 냄새

속이 훤히 들여다보이는 그릇 하나 허공에 걸려 있다

제 속의 밥을 퍼서 무장무장 겨울 풍경들을 먹여살린다

있다, 없다

안개 속에 숨은 눈 있다
나무 속에 바람의 마음 있다
벽 속에 하얀 귀,
전화기 속에 울음소리,

내 안에

늙고 굶주린 카메라 한 대, 삐걱거리는 낡은 침대, 종
일 포르노를 보는 변두리 영화관의 낡은 의자, 번쩍거
리는 축제용 가면, 혓바닥에 숨긴 칼, 때 묻은 햇빛, 새
무덤

바람 속 구름의 몸
거위 날개 속 달의 영혼
눈물 속 햇빛
바다 속 고래의 노래

있다 내 안에 내가
소경처럼,

어디에다 앉힐까

베란다 화분에 거짓말 한 송이 핀다 봄이다 이십이층
베란다를 뛰어내린 거짓말은 금세 세상을 노오랗게 물들
인다 꽃이라 불리는 희고 붉은 전염균들

거짓말은 향기가 짙다 치명적이다 일찌감치 거짓말에
매혹당한 나는 거짓말을 사랑한다, 거짓말로 씌어진 표지
판들, 거짓말 아래를 질주하는 거짓말들, 노래와 충고, 침
묵과 비난과 선동하는 거짓말들의 아름다운 순환

그대 눈 속에, 모자 속에, 호주머니, 서랍 속의 거짓말들
에게 고개 숙여 인사한다 안녕하세요 아름다운 거짓말들
당신이 세상을 일으켜세우고 역사를 만들고 우아한 기억
들을 가진 나를 낳았죠 흠흠 거짓말의 손등에 코를 박는다
거짓말에 취한 나는 금세 얼굴이 붉어져 흔들린다

거짓말이 태양을 끄고 켜고, 나무 없는 숲을 세우고
날개 없는 새들이 거울을 쪼고 날카로운 비가 쏟아지고

가을이 왔다 숨어 있던 의자들이 거리로 나왔다 의자
하나하나마다 제 몫의 거짓말들이 의연하게 앉아 있다 가
방 속에서 시들지 않는 낡은 거짓말 하나를 꺼내어 빈 의
자를 찾는다 안녕하세요 안녕하세요 새로운 거짓말들이
가슴에서 부화한다 끊임없이

이 거짓말을 어디에다 앉힐까

거위와 나

지나가는 사람들 모두 불러세워
가차없이 이름을 물어뜯고
사납게 그림자를 찢어발기며

—네가 누군지 말해봐
—내가 누군지 노래해봐

숨긴 죄들을 기어이 실토받은 후에야
놀라 헝클어진 얼굴을 되돌려주는
거위는 늘 용감하지요

물과 조금의 음식을 주는 대가로
어렵게 면죄부를 받은 나는
여전히 거위가 두렵기만 하지만

꽃 지는 오후 등나무 그늘 아래 누워
동그랗게 몸 접어 세상의 죄를 품는

거위의 몸은 달처럼 빛난답니다

진창마다 찍혀 있는 제 발자국
문장인 양 들여다보기도 하지만
한 번도 바다를 내색하지 않는
타고난 싸움꾼인 거위

사실은 깊고 먼 바다 속
노래하는 흰 고래의 누이라는 걸
제 자신도 이미 알고 있을 겁니다

구멍

부드럽고, 축축하고, 서늘하고, 높고
모두 저리들 아름답지만
세상에 벽 아닌 것 어디 있냐며
벽시계처럼 그는 늘 투덜거린다

(세상은 조그만 상자에 불과해)

투명하게 반짝이거나 향기를 풍기는
벽들 앞을 끊임없이 서성거리는
그의 꿈은 단 하나 벽 속을
걷는 것

은밀히 구멍을 내고
벽 이쪽과 저쪽 모두의
비밀을 가지는 것

벽을 향해 노래하고 울부짖고

속삭이고 어루만지고 침대로 끌어들이며
완벽하게 벽이 되는 것

(상자 뚜껑에 매달린 비둘기에 불과해, 神은)

웃는, 춤추는, 고장난
눈물처럼 홀로 서 있는 벽들을
수집하며 만지작거리며
순례하며
그는 늘 벽에 안기어 투덜거린다

(세계란, 쉽사리 망가지는 조그만 장난감 상자에, 불과
하다니까)

식사

흰 쟁반에 담긴 장미꽃 샐러드
황금석쇠 위의 은어구이

나는 날마다 주검을 준비하네
광포한 관능에 몸을 떨며
날마다 죽음을 불러내어 즐기네

내 안에서 바늘이 되는 꽃
내 안에서 칼날이 되는
땅의 생식기
강의 흰 몸

입을 열어 혀를 내밀고
나는 세상에게 바늘을 보여주네
세상을 향해
함부로 칼날을 뱉어 흩뿌리네

피 흘리며 쓰러지는 존재들
의미며 상처를 감추고
다시 일어서
아무렇지도 않게 걷는 세상을 위해

딱딱한 한 잔의 눈물
향기롭게 출렁이는 피의 반숙

나는 날마다 주검을 먹네
껍질을 벗기고 살점을 도려내며
거리낌없이 죽음을 폭음하네

폐차장에서 부르는 노래

나는 부랑자, 즐거운 집 없는 사람 세상 아무 다리 아래
에서나 노래하죠 찌그러진 드럼통 위에 걸터앉아 다리를
흔들고 구멍난 구두 사이 때 묻은 발가락을 흔들며 크게
소리내어 랄라라 랄라 아무것도 하지 않고 그저 노래만 불
러대죠 "악마에게 연민을, 악마에게 연민을" 때때로 "연
인"으로 잘못 노래할 때면 구구구 비둘기떼 날아와 내 머
리 속 쓰레기 더미를 쪼아대곤 하죠

나는 아무도 아닌 사람, 꺼릴 것 없는 천국의 이방인, 벽
없고 지붕만 있는 아름다운 집 그늘에서 붉고 푸른 폐수에
그림자를 썻죠 죽은 꽃, 썩지 않는 주검, 멈춰버린 시간들,
배낭 가득 채우고 이름 속에 구겨넣으며 걷죠 멈추지 않죠
죽음은 나의 누이, 나의 애인, 어머니, 잃어버린 죽음을 따
라 하수구를 따라가노라면 앞을 막아서는

갇혀 있는 구름……

                                        ……닫혀 있는 의자

          ……울부짖는 집
            ……때 묻은 아침들……

  나는 비열한 아이, 천진한 늙은이, 내 이름은 저녁, 8요
일의 꽃, 아무 두려움 없이 어둠을 노래하죠 랄라라 랄라
두려움으로 죽은 길들을 노래하죠 천사에게 연민을, 천사
에게 연민을, 가끔 "연인"으로 잘못 노래할 때면 구구구
구급차는 달려와 내 몸 속 얼음바람을 꺼내곤 하죠

폐차장의 저녁

집으로 가자 호주머니 속 쩔렁대는 별 몇 헤아리며 구
겨진 길모퉁이를 돌면 낡은 보일러들 일제히 가르릉대며
잠을 깨는 곳, 한 번도 자리를 바꿔 앉은 적 없고 한 번도
날개를 잉태하지 못한 채 지붕 위에 시든 꽃들을 키우는
적막한 천국

집으로 가자 현관마다 가지런히 반짝이는 죽음들, 꽃무
늬 레이스로 치장한 가수면의 주검들 향기롭구나 천장 가
득 형광빛 별들 뜨고 지고 벽 속의 입술들은 방언을 멈춘
다 부질없는 노래며 잠언, 서랍 속에 잠그고 끊임없이 제
이름 비추는 거울 돌려세우며 집 속의 집, 벽 속의 벽, 어
둠 가장 깊은 곳에서 잠들면

(어둠은 내 이름, 너무 무거운 형벌, 녹슬지 않는구나
썩지 않는구나 진부한 저녁, 늙은 그리움 버리기 위하여
얼마나 오래 집을 가져야 하나, 얼마나 많은 집들을 거쳐
야 하나)

집을 나가자 머리 속 선명한 지도를 지우고 발목을 잡
는 문패 속 웃음소리 뿌리치며 얼음새벽이 오기 전, 붉은
아침이 닿기에 웃자란 길들 차곡차곡 접혀 있는 세상 끝,
접히지 않는 침묵 나무처럼 자라나 어둠 너머로 가지를 뻗
는 낯선 들판 한가운데로

폐차장에서의 식사

구운 폐타이어 한 조각
녹슨 나사 한 접시
번들거리는 한 컵의 폐유

허겁지겁 먹어치운 시간들은 살을 뚫고 끊임없이 몸 밖
으로 튀어나온다 온몸에 돋는 시간의 가시들에 영혼을 찔
릴 때, 비로소 얼굴을 드러내는 헝클어진 길들, 중얼거리
는 상처, 구멍 뚫린 허기들

허기는 나를 키웠고 비대하게 살진 날개를 달게 했지만
한 번도 나는 날지 못한 채 거대한 쓰레기 무덤에 갇혔다
여기, 내가 만들어 쓰고 버린 죄의 파편들, 썩어 문드러져
악취를 풍기는 무의식의 꽃들, 모두 남김없이 삼키면 날개
는 사라질까, 무덤 위로 풀빛 별들은 돋아날까

반짝이는 거울 조각 한 접시

딱딱하게 굳은 검은 혀 한 조각
끝끝내 증발해버리지 않는
악취 가득한 눈물 몇 방울

내 사랑, 아름다운, 쓰레기의 세상

폐차장에서의 독서

빈 드럼통을 두드리며 한 사람은 춤추고
한 사람은 두껍고 딱딱한 표지의 책을 찢고
또 누군가는 거대한 얼음폭풍을 기다리고

어떤 나무는 침묵하고
어떤 나무는 검은 거울을 깨뜨리고
어떤 나무는 제 가슴에 꽃을 떨어뜨리며 운다

제 몸을 헐어
흔들리는 그림자마다 노을을 드리우는
어둠

얼음폭풍의 나날,
날개 달린 의자를 노래하는
예언서는 날마다 빠른우편으로 와
하늘 가득 흩어져 저마다 별이 되고

세상의 길들 모두 이곳으로 와
긴 허물을 벗고 낡은 혀를 뱉는다
죽은 길의 뒤쪽에서
일어서는 희디흰 햇빛의 징후들

한 사람은 머리 속 구름을 꺼내 말리고
한 사람은 그림자마다 새 이름표를 붙이고
어떤 이는 지워진 길 더듬어 돌아서는

천년의 저녁
아름답고 낯선 한 페이지의 어둠

물고기 편지

어떤 날은
흰 물고기들이 벽을 뚫고 쏟아져나와
구름 사이를 날아다닌다 딱딱한
등줄기를 거슬러오른다
투명한 지느러미를 가진 물고기들
쩔렁쩔렁
빈 호주머니 속의 손금이 된다
기호가 아닌, 상징이 아닌
아름다운 날것들의 날카로움

햇빛이 우레처럼 쏟아져
내 속의 빈 어항들을 깨뜨린다
반짝이는 한 잎 비늘인 채로
햇빛을 건너가는 벽의 꿈
물고기의 꿈

어떤 날은 푸른 지느러미들이

벽을 무너뜨리고 날아나온다
벽 속, 벽 너머
깊이 모를 어떤 시간들로부터

웃는 물고기

  물고기들이 물어뜯어 부드럽게 풀린 물의 힘살이 얼굴
에 와 닿는다 눈을 감으면 귀를 휘감는 먼 울음소리, 바다
속 물풀을 흔드는 건 파도가 아니다 정적을 부르는 울음,
눈물이 없는 마른 울음들

  바람에 깎인 달의 파편들이 떨어진다 물 속에 수천의
달을 옮겨놓는 건 바람의 힘이다 물고기 아름다운 달의 후
손들은 제 몸 가득 달을 매달아 스스로 반짝인다 물 속 깊
은 정적을 깨뜨리지 않는 푸른빛의 비늘들 조그마한 달의
아이들이 꿈결처럼 물 속을 떠다니고

  물 속의 울음들은 모두 투명하다 제가 가진 크기만큼
제가 가진 이력만큼 울음들은 모두 지느러미를 달고 있다
뿔을 가진 울음, 꽃으로 핀 울음, 독을 지닌 채 숨어 있는
울음

  물고기는 운명을 가지지 않는다 제가 만난 물의 흐름만

을 영역으로 가질 뿐, 물고기는 노래하지 않는다 물고기는 웃지 않는다 오직 한 번 물 밖으로 나왔을 때만 하, 하, 입을 벌려 혼신을 다하여, 파, 안, 대, 소, 제 삶의 끝을 스스로 자축할 뿐

바다에 몸을 담그고 가만히 눈을 뜬다 그 많던 빛들, 울음들을 삼킨 검푸른 어둠이 미동도 없이 몸에 와 얹힌다

욕망이라는 이름의 물고기

내 호주머니 속에 물고기 몇 마리
살고 있지 손을 뻗어 만져보려 하면
어느새 비웃듯 눈앞을 날아가는
황금빛 유연한 꼬리, 지느러미

춤추곤 하지 전신주, 신호등에 매달려
날카로운 웃음으로 등을 쪼아대지
햇빛에게 손바닥을 내보이며 슬그머니
고해성사
손끝에 묻은 몇 잎 비늘마저 들킬 때면

손금 속 구겨진 지도 속에서
출렁이는 바다는 달려나오지
몸 속 가득 어깨 검은 섬들 낳아 키우고
까마득한 벼랑 아래 미쳐 날뛰는 흰 포말로
나를 흔들어 허공으로 던져버리곤 하지

아무 이름을 붙여주지 않았어도
세상의 모든 이름들로 불리는
물고기 물고기 옷자락을 들치고
심장을 찔러 혈관을 헤집으며

내 캄캄한 머리 속 가득
달려가곤 하지 노래로 잠재우려 할 때마다
비명으로 목덜미를 물어뜯으며
서슬 푸른 비수들 어둠 속에 토해내는
가시 돋친 날개와 지느러미를 가진
거대한 고래 한 마리 나와 함께 살고 있지

구름 속의 교회

아파트 베란다에 먹장구름이 걸렸다
중얼거리는 구름
이따금 버럭 화를 내는 구름

구름 속에서 물고기들이 뛰어내린다
점, 점, 점
흐트러진 풍경들을 닮는다

어두워지는 산
흔들리는 전신주
잠긴 문 속에서 삐걱이는 서랍들을 열며
물고기들이 쏟아진다
맹렬한 속력으로 허공을 달려가다
멈춘다 서로 엉킨다

구름 속에 누가 저리 큰 교회를 숨겼나

물고기로 숨쉬는 벽들
물고기의 비명을 지르는 지붕들
물고기의 춤을 이해하는 길, 나무들 위로
바다는 밀어닥친다
퍼덕이는 물고기떼, 흩어지는 흰 비늘들
천지 가득 싱싱한 비린내로 내달리다

문득 아득한 침묵으로 멈춰 선다
귓속을 가득 채우는 고요
고요히 거행되는 한순간의 침례

정원의 거미줄마다 물고기들이 매달려 있다
햇빛과의 날카로운 불화를 견디며
반짝반짝
흰 음표들을 날려보낸다

물고기의 혼잣말

　각시붕어의 등에 새겨진 저 보랏빛 반점은 여름 들판을
건너가던 구름이 잠시 드리운 그늘인 것, 비늘 한 잎 한 잎
마다 구름의 눈이 숨어 있네

　버들치는 꽃의 전문가, 구부러진 들시내를 걷던 메꽃
일행 잠시 물거죽에 제 얼굴 비출 때, 놓치지 않고 흔붉은
꽃의 가슴 들여다보았으므로 평생을 꽃물 든 눈으로 물 밖
을 헤아리는 그의 눈은 따뜻하네

　(내 몸 속 수많은 십자가
　죽어서야 비로소 드러나는
　물의 뼈
　바람과 꽃의 뼈)

　흰줄납줄개 지느러미 속 풀빛 腺 한 줄은 들판을 걷던
폭우가 남긴 발자국인 것 흔들릴 때마다 묻어나는 풀잎 향
기로 물빛 언제나 풀빛을 닮아 있네

들샘에서 태어나 메꽃 그늘 시든 자리에 주검을 묻는
버들매치는 제 무덤에 화안한 금빛을 깔아놓네 꼬리지느
러미 노오란 가슴으로 물 속에 걸어놓는 황금등, 불을 들
고 물 속으로 들어간 바리데기처럼

물고기들이 햇빛 속을 날아가네
투명한 몸 속 섬세한 십자가들 읽히네

살아 한 번도 땅 위에 뱉지 못한
말의 뼈
서늘한 침묵의 뼈

물고기들 일제히 구름 속을 날아가네
여름 한낮이 온통 희디흰 물 속이네

물고기와 춤을

물고기 한 마리 꽃인 양 귓등에 꽂고
저와 춤을 추시겠습니까

어깨를 껴안고 바람을 가를 때마다
수줍게 숨을 쉬는 건 물고기가 아니라
그대 안에 잠들었던 바다입니다

등줄기에 숨겨진 지느러미
물풀처럼 부드럽게 부풀어오르고
햇빛에 반짝이는 비늘, 비늘로
온통 물빛 투명한 세상
그대 몸내음 꽃보다 붉으니

맞잡은 손금에서 걸어나온 길들 안에서
세상 모든 경계들은 해류로 흐릅니다

딱딱하게 굳은 소금의 목책을 넘어

날아오르는 나무들
의자가 되는 구름들을 지나치면
세상 어느 곳도 못 닿을 데 없어

서로 눈 마주치는 바람들과
서로 몸 섞는 바다와 내륙
꽃숲에 누운 고래와
물 속의 지붕 위를 새들과 걷는
그대 몸 속의 푸른 씨앗들
눈부시게 화안합니다

손끝에 겨드랑이에 물고기를 매달고
구두 속에 물고기를 가득 채우고
그대 모자 속 뜨거운 핏줄들 깨워

저와 춤을 추시겠습니까
다시 한번

저녁 물고기

지하도엔 꽃장수
천국엔 맥주[*]

시든 꽃들과 눈 마주치지 않으려고
황급히 계단을 헤아리면

하늘엔 자동차
길 위엔 벌써 시린 맨발들

황급히 저녁에서 달아나
인간의 집 쪽으로 몸을 숨기는
구름 구름 물고기떼

노래도 없이
비명도 없이
너는 왜 하필 구름
물고기로 태어나

지붕 아랜 늙은 저녁
마음엔 가을지옥

이제 마악 잠들려는
물고기들 불러내어
하나 둘 셋 넷 이름 불러주며
비늘 헤아리며 걷는 저녁

천국엔 맥주
거리마다 수족관
어슬렁어슬렁 뒤를 쫓아오는
붉게 취한 저녁바다

* 김태욱의 노래 〈Heaven〉의 가사 "천국은 맥주"에서 인용.

천국의 물고기

I

 햇빛 속으로 한 떼의 물고기가 지나간다 햇빛보다 더
흰 지느러미로 날아가는 물고기떼는 투명한 자국을 허공
에 남긴다 햇빛은 캄캄해지고 세상은 잠시 흔들리고

II

절반은 꽃으로
절반은 구름으로

물고기는 검은 문 앞에 앉아 있다

절반은 의자로
절반은 모자로

물고기는 녹슨 청동계단을 내려온다

무덤으로 가득한 들판
천국에는 비가 내리지 않는데

절반은 전생으로
절반은 현생으로

물고기는 제 기억을 무덤 앞에 세운다

세상에서 가장 큰 풍랑이 오는 아침
태초의 말씀 같은 빛이 솟는 저녁

물고기는 제 몸을 빛 가운데 누인다

절반의 침묵
절반의 비명

III

때 묻은 바람이 와서 물고기떼를 지운다 세상은 흔들리기를 멈추고 길가의 나무들은 상처난 비늘 같은 잎들을 땅 위로 밀어내린다 나뭇잎들마다 새겨진 물고기 문양, 죽은 물고기의 시간들 속으로 강물 같은 저녁이 스며든다

청어 굽는 저녁

달 속엔 가시가 너무 많아

시무룩한 얼굴로 누이는 석쇠 위에 익어가는 달을 바라본다 마악 잠들 채비를 하던 횃대 위의 닭들 잠시 수런거리고 아버지 기침 소리 흠흠 이따금 마당에 깔리는 바람 없는 봄저녁

하지만 달의 등허리는
참꽃 내음 풍기며 잠 깨는
봄바다를 닮았어

불이 달을 삼킬세라 달이 불에 식을세라 어머니 목소리만으로 연신 뒤란을 들락거리고 누이는 조심스런 손풀무질 멈추고 다급히 달을 뒤집는다 툭 끊어지는 달의 허리, 흩어지는 부드러운 달의 살점, 저녁 허기를 돋우는 달의 향기가 마당 가득 넘치고 길 가던 누군가 슬몃 사립문 너머 건너다본다

왜 달의 뱃속엔 온통
검은 반점투성이지?

거침없이, 잘 익은 달의 몸을 헤집는 아버지 은수저 너
머 우물가에 앉은 누이는 말이 없다 눈검정이떼는 달을 파
먹고 자란단다 검푸른 등,
흰 배는 난바다 나이 찬 달이 살찌우는 거란다, 머릿수
건 벗어 툭툭 하루를 털어내며 남의 말 하듯 덤덤히 중얼
거리는 어머니

눈검정이 따위가 달을 왜 파먹어
바람만 먹고 살지
나불로나 배불리지
……달은 왜 눈검정이떼를

누이 쇠푸른 눈 속에서 눈검정이떼는 튀어오른다 푸득

푸득 물살 박차고 바람 거슬러 달 가운데 날아오른다 시리
도록 반짝이며 피어오르는 물보라, 누이 목을 휘감던 어둠
이 슬몃 지우고,

　어머니 돌아앉아 달의 눈을 파먹는다 아버지가 남긴 딱
딱한 달의 머리, 검고 쓴 달의 심장을 먹는다 엽초를 피워
물고 흠흠, 푸르스름한 연기로 툇마루에 앉은 아버지, 구
구구 초저녁 잠꼬대로 늦은 별들 불러내는 횃대 위의 닭들

　산허리에 걸려 있는, 뼈만 앙상히 남은
　눈검정이 한 마리

물고기의 죄

이른 봄 들판 실개울가에 앉은
햇빛과 흘러가는 물이랑 헤아리네

물고기 한 마리 두 마리 제비꽃
반짝이는
물고기 몸 속의 어린 뼈

물고기는 무슨 그리움을 가졌길래
저마다 희디흰 십자가를 몸 속에 지녔나

그리움으로 헤엄치고
그리움으로 웃고 노는
저 천진한 목숨의 내부

이리 화안한데
이리 잘 보이는데

캄캄하여라 내 몸 안팎의 세상

햇빛의 죄라네
이 어지럼증

물고기는 아무 죄 없다네

물고기의 별

물고기는 벽을 가지지 않는다
물 속엔 벽이 없다
큰바람의 아래쪽
해일 한가운데 흔들리는 집을 가졌으므로
언제 어느 곳으로도 떠날 수 있는
물고기가 닿지 못하는 세상은 없다

부풀어오른 몸으로 달이 제 육신을 헐어
난바다와 기꺼이 몸을 섞는 밤
물방울처럼 가볍게 솟아올라
어둠 속에 제 문신을 찍는

물고기는 집을 가지지 않는다
넓고 깊고 둥근 하늘을 가질 뿐

반짝이는 은비늘들을 허공에 심어놓고
물고기는 세상을 떠난다

금방이라도 쏟아져내릴 듯
꽃처럼 피어 있는 별, 별무리

이발소

반짝이는 가위가 머리 속을 헤집는다. 쭈글쭈글한 뇌의
주름 사이 나비가 알을 슬었구나 이발사의 흰 손이 물컹물
컹한 뇌를 움켜쥐고 자르기 시작한다 투명히 붉은 나비의
알들이 투둑 툭 터진다

펄럭이는 검은 날개들이 졸음을 덮는다 매캐한 은분들
이 콧등에 내려앉는다 천천히, 아주 천천히 움직이는 날개
위에 선명히 찍혀 있는 바코드, 아무 생각 없이 나는 읽을
수 있다 아무렴 제 이름도 못 읽는 사람이 있을라구요

23.66.13.2
23.66.13.2

이발사는 물고기 같은 손을 가졌다 천천히, 아주 천천
히 물고기는 펄럭이는 날개들 사이로 유영한다 날개들이
찢겨진다 집들이, 나무가, 구름이 종잇장처럼 찢겨져 팔랑
인다 거울 뒤 커다란 구멍에서 누군가 손을 내밀어 흔든다

잘 있었니?

　잘 가거라, 또 오렴

　문을 열어주는 이발사의 목소리는 다정하다 얼굴 없는
몸이 몸 없는 얼굴을 손에 들고 이발소 문을 나선다 가볍
구나 몸 없는 얼굴이 얼굴 없는 몸에게 속삭인다 대답하듯
발 아래 거울이 화들짝 깨어진다 우린 언제나 조심해서 걸
어야 해, 그렇지 않아?

　네 차례로구나 흰 보자기가 몸을 덮자 눈을 감고 목을
움츠린다 겁내지 마라 애야 나는 삼십 년 동안 머리를 잘
랐지만 아직 집을 찾지 못했단다 삼십 년 동안이나 얼굴
없는 몸들이 거울 속으로 걸어들어온다 안녕하세요?

　깨끗이 잘린 목, 검은 구멍에서 연기처럼 나비떼 피어
오른다 이상해요 요즈음은 밤이 너무 빨리 찾아와요 거울

쪽으로 기울인 얼굴을 이발사의 두 손이 지그시 잡아당겨
곧추세운다

아주 화창한 날이구나, 그렇지?

악몽을 방지하는 법

씻을 수 없는 죄와 함께 숲으로 갔다
나의 죄를 지탱해줄 튼튼한 가지와
치욕이 덮일 만한 그늘을 찾아

낡고 커다란 집을 왜 숲은 가져다놓았을까
내가 알던 얼굴들이 언제나처럼
자신의 이름을 건네며 지나쳐갔다
어디 있었지?
그리도 애타게 찾았었는데
어떻게 그리 완벽하게 숨을 수 있지?

무너지는 가슴을 다잡으며
외진 나무 한 그루 찾아 헤맸지만
숲은 어디에나 사람들로 가득 찼고
갓 시집간 누이에게서 끊임없이 전화가 왔다
괜찮아 베란다의 화분 곁에서
앵무새가 알을 낳아 품기 시작했어

아이의 곰인형은 다시 감기를 앓는데
엄마는 봉원사로 꽃놀이 갔어
오빠가 그리다 만 그림 속의 사람들이
한낮에도 걸어나와 자꾸 거울을 깨곤 해

울울창창 죄가 자라는 숲으로 갔다
숲 한가운데 낡은 집 튼튼한 대들보는
굵은 동아줄 올가미를 흔들고 있었다
네 죄야 네 죄라니까 허공이 속삭이고
어느 이름에다 네 죄를 걸어줄까 느닷없이
찌르륵 전화벨이 호들갑을 떨어댔다

내가 너무 늦은 건 아니지?

당신 또 악몽을 꾸고 있었구나 우유 마시고
출근하세요 아침비행기로 금방
내려갈게요 친정 일은

별거 아니었어요

구름의자

흰 융단으로 지은 의자가 하나 있네 지상에서 한 뼘쯤
몸을 들어올려 무심하게 허공에 떠 있네 빙글빙글 춤추며
걷기도 하고 때때로 혼자 중얼거리기도 하지만 오만하게
아무도 받아들이지 않네

사람들은 입을 모아 말하곤 하지 저건 꽃처럼 아름답지
만 아무짝에도 쓸모없는 물건에 불과해 세상을 어지럽히
기만 하는 저런 건 단번에 끌어내려 쓰레기통에 처박아
야 해

부드러운 빵처럼 구름을 먹고
바람의 그림자를 감추고
나뭇가지에 슬쩍 발을 걸치며
천천히 햇빛을 부풀리는 의자

더러운 의자가 하나 길가에 앉아 있네 지나가는 행인들
모자, 안경이나 헤아릴 뿐 거만하게도 아무 일 하지 않네

사람들은 누구나 제 그림자를 드리우며 한마디씩 하네
누가 저리 악취나는 물건을 이 아름다운 세상에 갖다놓
았지 저런 건 쓰레기 소각장에 처박아 단번에 불을 질러
버려야 해,

　길 잃은 햇빛과 집 없는 슬픔
　때 아닌 빗방울이
　도둑고양이처럼 읽고 가는
　어둠 속의 의자, 의자의 침묵

　의자와 의자 사이
　구름과 그림자 사이
　노래 있네 누구도 듣지 못하고
　누구도 부르지 못하는

잠

어두운 집이 한 채, 창문 너머 한 아이 서 있네, 검은 넝쿨 구불구불 벽을 타고 오르네, 달을 향해 일제히 푸른 꽃들 치켜드네

꽃들 속에 잠긴 서랍들이 숨어 있네, 달빛이 잠긴 서랍들을 두드리네, 서랍이 열리네, 서랍들이 꽃피네, 괜찮아, 괜찮아, 한 서랍이 속삭이고, 안 돼, 안 돼, 한 서랍이 비명을 지르고, 늙은 기차가 느릿느릿 달을 가로질러 달려가고

허공에 둥둥 떠 있는 알약, 날개,
고장난 시계들

아이 문득 창문 가까이 다가서네, 벽 틈에서 수많은 귀가 솟아나네, 깨어진, 거울처럼 번쩍이는 귀, 귀들, 귓속에서 폭포처럼 노을이 쏟아지네, 노을이 허공으로 집을 들어올리네, 자줏빛, 자줏빛, 차갑게 식은 핏빛

노을이 달을 물들이네, 아이의 얼굴에서 눈이 사라지네,
서랍이, 기차가, 시계가, 알약이, 서로 마주 보고 중얼거리
네, "악취가 나, 악취가 나, 이건 더러운 환영일 뿐이야" 달
속의 충혈된 눈 하나가 툭, 지붕 위로 떨어져내리네

　한 아이가 서랍을 닫네, 세상의 모든 서랍들이 잠기네,
서랍들이 시드네, 서랍들이 사라지네, 아침을 삼키고, 그
림자를 삼키고, 지붕 위에 수많은 흐린 달이 태어나네,

　끊임없이 희뿌연 너울이 펄럭이네

택시, 택시

철길을 지우고, 국도를 뭉개고

가자 가자 꽥꽥거리는 거위들을 날리며
줄무늬 왕뱀의 꼬리를 자르며
숨겨진 꽃의 수염을 뽑아 던지고
산을 넘어가는 고압선
붉게 우는 십자가를 넘어

길을 찾지 말고
길을 묻지 말고

달콤하게 썩어가는 도서관
딱딱한 책들을 찢고
박물관의 황금나무 가지를 꺾으며
처마 끝에 매달린 별들을 끄고
길목마다 근엄한 신호등을 깨뜨리며

아무도 모르는 노래
누구도 귀 기울이지 않는 노래를 찾아서

길을 찾는 순간 너는 멈춰야 하리
길을 가지는 순간 너는 추락하리라

가자 가자 나는 어둠 속의 총알택시
눈멀어 즐거운 특급
운전사

매혹

날마다 새로운 올가미를 낳는 천장을 알고 있지 섬세한 매듭, 강한 꼬임의 올가미를 늘어뜨린 채 누군가의 흰 목을 기다리는 사방연속꽃무늬 천장

날마다 새로운 얼굴을 올가미에 매다는 이를 알고 있지 차를 마시고 담배를 피워문 채 어슬렁거리다 이윽고 방 가운데로 의자를 당겨 천천히 올가미 속에 목을 들이미는 사람

날마다 새로운 올가미에 걸려 흔들리는 얼굴에게 말을 거는 야윈 몸을 알고 있지 가만가만 책을 읽어주거나 욕설을 퍼붓거나 그저 말없이 웃어주기만 하는 침대 위의 얼굴 없는 몸

날마다 새로운 올가미를 올려다보는 가슴 없는 몸과 올가미에 걸려 흔들리며 담배 피우는 얼굴과 얼굴 없는 몸들을 불러들이는 집들을 알고 있지 우윳빛 레이스 달린 커튼

을 주문처럼 흔들며 집 나간 길들을 불러들이는 흔하디흔
한 집들의 거리

　날마다 새로운 집들이 태어나는 초록별을 지켜보는 눈
하나를 알고 있지 언젠가는 폭죽처럼 터져버릴, 터져 점점
불꽃으로 타오르다 흔적도 없이 사라져버릴 암흑의 한순
간을 기다리는 천진한 눈빛 하나를

유리침대

유리로 만든 지상을 걷는다 유리 위엔 발자국이 남지 않는다 유리의 길 아래 뒤엉킨 뿌리들과 날 선 흉기들을 디디며 그는 유령처럼 걷는다 무게도 그림자도 없이 가볍게 또 가볍게, 춤을 추듯 걷지 않는다면 그는 사라지리라 유리로 만든 세상 아래로 연기처럼, 흔적도 없이

유리에 비친 얼굴은 그의 얼굴이 아니다 그건 내 얼굴, 당신의 얼굴, 어깨 위 놓인 얼굴들을 날마다 바꾸며 살아간다 그대와 내가, 바람과 그대가, 거리마다 점멸하는 광고판과 내가, 걸어간다 걸어간다 사라진다

집으로, 집으로, 투명한 무덤 속으로

유리로 만든 침대 위에 날마다 눕는다 침대 아래 입을 벌린 어둠과 악몽, 깨어진 거울 조각의 비명 소리를 덮는다 그가 잠들면 나는 깨어나 그를 포박한 차가운 형틀과 이야기한다 깊고 깊은 사각의 무덤 속 잠들지 않는 시간들

까마득한 허공에 걸쳐 있는 유리계단을 걸어오르는 나를 위하여 그는 휘파람을 분다 늘 뛰어내리지만 깨지지 않는 유리세상을 향하여 나는 노래한다 유리 파편을 주렁주렁 매단 유리나무 몸 속에서 유리로 만든 태양이 켜진다 호주머니 속 강철날개들이 은밀히 자라난다

카니발의 아침

꽃을 들고 천국행 열차를 기다려요 불안한 기호처럼 흔들리는 꽃잎 위로 늙은 햇빛 잠시 기웃거리지만, 길들은 모른 채 늘 같은 곳을 오고가요 한 번도 자리를 바꿔 앉지 않는 권태로운 길들

피를 흘리며 날아가는 종이로 접은 새, 노오란 그림자를 드리우며 끊임없이 자라나는 나무 십자가들, 선혈을 머금어 축축해진 벽들은 모두 부드러워지지만 아무도 울음을 터뜨리지 않고, 아무도 비명을 지르지 않고

너무 많은 길들이
너무 많은 열차를 끌고 와
사람들을 싣고 가요
아무 의심 없이 꽃을 뿌리며
손을 흔들며 웃는 사람들

달아나, 달아나, 다시는 돌아오고 싶지 않은 지겨운 집들에게서, 도망가, 도망가 발목을 붙들고 놓아주지 않는 끈끈한 길들을 뿌리치며, 누군가 노래를 불러요, 점점 더 크게, 점점 더 또렷하게 숨어 있는 수많은 몸들, 목소리들

낯선 아침을 열고 있어요

시간의 유령

얼어붙은 강물을 거울인 양
들여다보는 저녁의 나무들

와르르
낡은 별들이 머리 위로 쏟아지고

하나, 둘, 셋 누군가
노래를 부르듯 별을 헤아리고

거울 속 일렁이는 햇빛
날카로운 꽃잎
사이 붉은 새들의 눈

시린 땅 속에 발목, 눈물
햇빛과 길을 묻고
죽음보다 깊은
어둠만이 나의 영토라고

별에서 뒤돌아앉은
헤아려야 할 어둠을 너무 많이 가진
나무들, 셋, 둘, 하나, 아침

황금의 가면을 쓰고
나무 아래를 지나가는 늙은
유령들

소풍

새 한 마리
흰 맨발을 쪼아대고
나는 잔디밭
햇빛 햇빛, 햇빛
지상으로 햇빛을 쏟아붓는 건
내 몸 속의 검은 꽃

내가 '새'라고 불렀을 때
불현듯 뼈만으로 앉아 있는
새, 조그만 두개골 속
눈구멍을 후벼파는
햇빛, 햇빛, 햇빛
저렇게 볼품없는 뼈다귀 몇 개가
날개였다니

형편없이 쉬어버린 검은 밥을 한 입
베어물 때

이 미친 햇빛을 쏟아붓는 건
검은 꿈

검은 밥을 먹고 자라는
검은 꽃의 힘

壁과의 긴 연애

내가 아는 모든 노래를 네게 준다면 너는 한 방울 눈물
이 되어주겠니?

지상에서 헤아릴 수 있는 숫자들 모두 꺼내 버리고 빈
상자로 네 앞에 앉는다면 너는 구름으로 흐를 수 있겠니?
평생을 익혔으나 그저 방언으로 헝클어져 있는 몸 속의 말
들, 마지막 한 음절의 비명까지 퍼내어 네 가슴에 묻으면
너는 흐드러진 꽃무리로 피어나겠니? 집을 떠나 집을 버
리고 쩔렁이는 열쇠들 풀어 네 몸에 꽂으면 저 질주하는
바람들을 멈출 수 있겠니 한 점 바람의 숨결마저 읽어 날
마다 흔들리는 푸른 풍경이 되어주겠니?

내 안에서, 내 밖에서 울울창창 숲으로 자라 간신히 살
아 있는 희미한 그림자 하나 발밑에 던져주었을 뿐이지만
여전히 너는 나의 신부, 나의 적, 나의 어머니

비명, 노래, 꿈꾸는 법…… 모두 네게서 배웠으니

떠도는 소문, 날마다 자라는 칼날들 거두어 침묵으로
되돌려줄 귀가 되어주겠니? 어둠 속으로 하얗게 떠오르는
튼튼한 다리가 되어주겠니? 걷고 걸어 사람들 속에 닿을
때까지, 닦고 또 닦아야 할 청동거울이

꽃들은 모두 어디로 가나

아이가 TV 속으로 사라진 후 TV에서 날아나온 때 묻은 새들이 거실의 벽지 위에 둥지를 틀었다 베란다의 꽃들은 시들고 액자 속의 裸婦는 몸을 뒤채고 어항 속의 검붕어가 붉게 떠올랐다

어디 있니? 학원 갈 시간이야

나 여기 있어 대답하듯 TV 속의 전사는 총을 빼들고 거실의 꽃무늬 소파를 향해 불을 뿜었다 후두둑 날아오르는 찢긴 꽃잎들, 놀란 뻐꾸기시계가 비명을 지르며 식탁 위의 물컵을 엎질렀다

어디 있니? 선생님이 전화하셨어

베란다 창 밖으로 검은 별이 뜨고 늘 충돌하는 차들이 거리를 메우고 뉴스가 시작되자 아버지는 돌아왔다 살진 소파에 누운 아버지가 신문 속으로 느릿느릿 걸어들어간 후

깨진 안경과 함께 아이는 먼 혹성에서 걸어나왔다

　빨리 밥 먹어, 연속극 할 시간이야

　무장한 전사가 되어 밤이 깊도록 아이는 이웃 혹성을
공격했다 우루루 쓰러졌다 다시 일어서는 전사들 창문 너
머 별들이 하나둘 지워지고 어머니가 지워지고 집들이 모
두 지워지고 마침내 세상은 하얗게 비워졌다 텅, 텅, 텅 빈
침대를 남기고

　아이들이 모두 컴퓨터 속으로 사라진 후

글자인간

글자들 빽빽이 씌어진 방에 그는 살고 있다. 모음과 자음, 조사와 부사…… 방점들. 그는 담배 피우는 키 큰 글자. 모두가 소리내어 읽지만 아무도 해독할 수 없는 무덤덤한 하나의 기호

크고 작은 글자들 사이에 앉거나 누운 그는 한 장의 팔랑이는 백지. 푸득푸득 날갯짓 소리를 내며 날아온 글자들이 그의 몸에 문신으로 새겨질 때도 비명조차 지르지 않고 일어나

직립한 흰 벽, 투신하는 글자들을 바라보는 쓸쓸한 벼랑……이 될 뿐

날아다니는 글자들의 그림자는 무겁고 또 날카롭다. 하지만 사람들은 끊임없이 그의 몸에 무언가를 새기고 싶어한다. 입력한 대로 기억되고 이해받는 꿈을 버리지 못하며…… 누구라도 그러하듯이

글자를 먹고
몸 속 가득 글자를 채우고
글자를 입어 주렁주렁 매단 채
마침내 난삽한 한 점 단문이 되어버리는
진부한 생애

제 몸 속 제 몸 밖 글자들을 완벽하게 읽어내는 날을 그는 꿈꾸지 않는다. 무지와 어리석음만이 일용할 양식이라고 믿으며 때때로 살을 뚫고 옷 밖으로 튀어나오는 모난 글자들을 슬그머니 덮어 감추어가면서…… 무덤까지, 무덤까지…… 구시렁거리면서

달 속의 의자

수평선 끝에 의자 하나 앉아 있다

완강한 직선일 뿐인
그저 완강한 평면일 뿐인 바다는
느닷없는 의자가 영 불편한지
자꾸만 몸을 흔들어 흰 문장들을
뭍으로 보내온다

바닷가에 서서 맨발을 내려다본다
발등 푸른 정맥 속으로 스며드는 바다
흰 문자들이 몸 속을 가득 채운다
서늘한 문장들이 등줄기에서 출렁인다
출렁일 때마다
팽팽히 뻗은 수평선이 흔들린다

바다 끝으로 구름들이 몰려간다
구름 속에서 새들이 뛰어내린다

날카로운 부리로 수평선을 쪼아대는 새들
피 흘리는 새들의 부리 끝에서
깨지는 바다

바다의 껍질이었던 수평선 안에서
실핏줄을 머금은 달이 부화한다
꿈틀거리며 달은 허공의 중심으로 이동한다

수평선 끝에 의자 하나 앉아 있었다
새들이 바다 가까이 날던 그때
마을의 깃발들 일제히 기립해 가리키며
누군가 언젠가는 찾아와 앉을
눈부시던 자리

흰 맨발 하나가 깨진 바다를 건너간다
달 속에 드리운 의자의 실루엣
선명하다

개와 담배와 거울

어슬렁 늙은 구두가 저녁으로 걸어나오네
늙지 않는 기다림도 서둘러 따라나서네
중얼중얼 담배를 피워무네

푸른 실타래 한 뭉치 허공으로 날아오르네
흩어지지도 않고
바람 없는 저녁 대기 속으로 떠오르네

내 안에서 걸어나와 잠시 사는 것들
흔적도 없이 세상에서 지워질 것들 굳이
지켜보는 까닭 궁하여
피피 휘파람을 불거나
세상은 거꾸로 펼쳐든 책과 같아서
다만 몇 마디만 이해할 뿐이라며
어둠 속으로 숨는 길가의 꽃들 흠흠
마른기침으로 깨울 때

저기 길 한복판
질주하는 차들을 일제히 지워

텅 비어버린 길
섬광 같은 고요 한가운데 앉아 있는
낯익은 짐승 한 마리

흐린 눈
거추장스럽게 살찐 몸
미처 다 숨기지 못한 긴 꼬리로

마주 보네
성호처럼 황급히 성냥을 그어
어둠을 피워물고 하늘 올려다보면

흰 거울 하나
머리 위에 떠 있네

컹컹 짖어대는 입술들을
주렁주렁 달고 있네

꽃과 우레

꽃 속엔 벌레
내 마음엔 우레

흔들림을 감추려
서로 외면하며
돌아서지만

꽃잎 사이 햇빛
내 마음엔 깨진 거울

반짝이는 건 모두 웃음이라며
봄 한낮 느릿느릿 횡단보도를 건너간다

흔들리지 않는 것이 어디 있으랴는 듯 맹렬히 서 있는
것들을 흔드는 아지랑이 나른히 녹아내리는 시간 속으로
흰 나비떼는 날아오고 바람은 아득한 세상 밖에 서 있는데

거울 조각으로 꽃잎 속 벌레들을 죽일까 꽃잎 모두 따
서 이 거울을 덮을까 숨겨둔 날 선 기호들 증오로 흉포해
진 기표들 흔들림만이 살아 있는 것이라며 굳이 길을 막아
서는 이 햇살은 왜 구부러지는가

　꽃 속엔 우레
　내 마음에 들끓는 벌레

　꽃대궁 가득 화안한 꿈
　내 안에 검은 산문

　늦은 밤길 문득
　꽃에게로 다가가
　흔들리는 침묵과 비명들
　껴안을 때

　가만히 등뼈를 어루만지는

꽃자리 서늘한 그늘

미쳐 날뛰다 천천히
어둠 속으로 눕는
마음속 날카로운
번개 줄기들

나비무덤

서류가방을 열자
아침 나비떼 화르르 날아나온다

늦은 저녁 귀갓길 가등 아래,
한밤중 잠든 TV 속에서,
불 꺼진 집들 창문마다에서,
내 잠 속 완강한 담을 넘어 끊임없이 날아나오는

나비들은 저녁이면 어디서 잠들고 꿈꾸는가

한때 내 안에서 피던 꽃들의 이름 불러보면 문득 달려
나와 화안히 머리맡을 밝히는 저 나비들, 작은 날개 어디
에 그리 커다란 하늘을 숨겼는지, 때가 되면 어디서 바람
을 거두어 날개를 접고, 허공에 흩뿌린 꽃들의 말을 거두
는지 아직 알지 못하지만

어딘가에 숨어 햇빛의 기억들로 꽃의 알을 슬며 자라나

때가 되면 다시 눈부신 날개로
지상의 모든 무게들 가볍게 들어올리며
억겁 꽃의 시간들을 끌고 올
저 끈질긴 날것,
날것들

세상의 모든 어둠마다
얼어붙은 가슴들 한 귀퉁이 그늘마다
살아 있다

꿈틀거리는
향기로운 무덤을 짓고서

상자

　모서리가 닳은 나무상자 하나 길가에 버려져 있다 저
속에 무엇이 갇혀 있을까 묵은 책, 지난 여름의 햇빛, 몇
다발의 마른 꽃, 고통스러운 익명의 비밀들

　여름이 다 가도록 그건 여전히 그곳에 있다 반짝이는
구두로 가득 차는 아침과 발끝에 채는 익숙한 상심의 저녁
을 지나며 어느새 그 낡은 상자와 닮아가던 나날의 저녁,
우레 같은 확신 하나 달려가 사각의 어둠 속에 가부좌를
틀고 앉는다

　(한마디의 말 한 매듭의 시선에도 쉽사리 깨어질 듯 여
린 껍질 속 투명한 숨결을 가진 푸른 알 하나

　언젠가는 껍질을 깨고 나와 흐린 대기를 떨치고 날아오
를 큰 날개, 갇혀 있어 더 깊은 침묵의 고통으로 언젠간 꽃
무리로 피어오를 숨죽인 노래를 키우고 있으리니, 저 어둠
을 지켜주리라, 결코 열어보지 않으리라)

누구도 마음 주지 않는 낡은 상자 하나, 가을 귀퉁이에 놓여 있다 허술한 어깨 위에 정갈한 햇빛을 얹고 샐비어 몇 송이 먼 발치에 세워 차가운 상처, 식지 않는 눈물, 누구에게도 바쳐지지 않아 향기로운 가슴을 숨긴 채

달이 있는 겨울

자다 눈을 뜨니
염소 한 마리가 머리맡에 서 있다

소금처럼 흰 몸을 가진 염소는
사각사각 머리맡의 책들을 뜯어먹고
담배를 씹어먹고
무표정하게 눈을 내리뜬 채 어둠을 갉아먹는다

염소가 먹어치운 것들의 빈자리는 맑고 차다

처음부터 여기 살고 있었다는 듯
소리도 없이 침대를 뜯어먹고
벽에 붙은 서랍들을 씹어먹고
높이 자란 벽
내 몸 속 뒤엉킨 시간을 갉아먹은 후
염소가 떠난 자리에
내가 혼자 누워 있다

얼어붙은 이 들판의 끝은 어디일까

몸을 뒤치어 돌아누우면
저기, 허공 위를 느릿느릿 걷고 있는
염소 한 마리
여전히 소금보다 희고 깡마른 가슴
다 들여다보일 듯 투명하다

새인간

시청 앞 지하도에 그는 둥지를 틀었지. 검은 가방 하나를 옆구리에 끼고 어슬렁어슬렁 걷거나 계단 초입에 웅크려 조는 그는 때때로 늙은 거위처럼 보이기도 해. 꽤액 꽥 비명을 지르지는 않지만 어쨌든

아무도 그를 눈여겨보지는 않아. 그의 몸이, 표정이 지하도 잿빛 벽과 닮아갔기 때문에. 벽 위의 경고문, 광고판, 고장난 자판기가 되어버렸기 때문에

하지만 때때로 그는 대로변 벚나무 가지에 매달려 있기도 하지. 그렇다면 그날은 먹장구름 빠르게 서쪽으로 몰려가는 날. 아무도 말은 않지만 모두가 알고 있는 그는 일기예보 혹은 풍향계. 한 번도 틀린 적이 없었어

늦은 저녁이면 그는 육교의 난간 위에 위태롭게 올라앉아 사납게 흘러가는 지상의 불빛들을 헤아리기도 해. 그런 날은 보도블록 빈틈없이 박혀 있는 길들이 흔들려 자꾸만

집을 잃어버려. 하나 둘 셋 넷…… 집들이 모두 어디로 갔
지?

　흔들리는 길 위에서 집을 잃어버리는 날엔 언제나 그를
만나야 하지. 땅 속이나 나무 위, 낡은 가방을 내려놓은 곳
이 모두 제 집인 사람. 아무 곳에도 집을 가지지 않아 제
스스로 집이 된 사람

　사람들은 모두 알고 있지. 시청 앞 지하도에 사는 그 사
내가 움켜쥔 검은 가방 속에 한 번도 사용하지 않은 날개
한 벌이 숨겨져 있다는 거

뱀의 말

책갈피 속에 뱀들이 산다 심드렁 읽어내리는 문장 사이에서 스르륵, 소리없이 기어나온 뱀 한 마리가 붉은 눈을 치뜬다 두 갈래의 혀를 내밀어 날름거린다 내가 뭘? 황급히 되돌아가보는 문장 속으로 천천히 사라지는 뱀꼬리

침묵 속에 뱀의 알이 있다 반투명 점액질의 물컹거리는 그것 아무도 그것이 부화하길 원치 않으므로 그럼, 다음에 또 의례적으로 맞잡았다 거두는 손은 늘 가렵다 내가 뭘? 황급히 들여다보는 손금 속에서 태어나는 실낱같은 새끼 뱀들 꼬물꼬물 손가락 사이를 흘러내린다

겨드랑이, 사타구니, 발가락, 머리카락
식탁 위, 전화기 속, 냉장고, 침대 아래

뱀이 산다 거울 속 낯선 눈빛 속에서 불쑥 머리를 내민다 안녕, 인사를 마치기도 전에 차갑고 미끌거리는 비늘이 혓바닥에 돋는다 내가 뭘? 황급히 삼키는 변명 함께 쑤욱,

목구멍을 넘어가는 외마디 비명

도시의 아웃사이더, 꿈을 꾸다

문혜원

시인의 시에는 크고 작은 변화가 무수히 일어나고 사라진다. 처음의 시적 개성이 그대로 유지되면서 발전되는 경우가 있고, 흔하지는 않지만 시의 세계가 완전히 바뀌는 경우도 있다. 자신만의 트레이드마크를 가지고 있는 시인의 시는 독특하지만 지루해지기 쉽고, 급작스런 변화를 보이는 시인의 시는 신선하나 불안해 보인다. 한 시인의 시 세계의 변화는 안정과 타성 사이, 신선함과 불안함 사이를 위태롭게 오간다. 그래서 자기 성찰을 거듭하며 변신을 시도하는 시인들의 시는 독자를 긴장시킨다. 김형술의 시 역시 그렇다.

'도시 시'라는 이름으로 주목받았던 첫 시집 『의자와 이야기하는 남자』와 네번째 시집인 『물고기가 온다』만을

놓고 본다면, 그의 시는 전혀 다른 의미망 안에 놓여 있는 것처럼 보인다. 딱딱하고 도시적이며 절제된 『의자와 이야기하는 남자』와는 달리, 『물고기가 온다』는 풍부하고, 자유롭고, 흥건하고, 흘러넘친다. 물론 여기서도 시적 자아는 도시문명의 한가운데 놓여 있지만, 물고기를 매개로 한 환상의 세계는 그러한 시공간의 제약을 무화시키고 있다. 정반대로 보일 수도 있는 이 상반된 경향을 이해하려면, 그의 시의 변화과정을 거슬러서 올라가야만 한다. 그래서 그의 시는 한번 더 읽힌다.

『의자와 이야기하는 남자』(1995), 『의자, 벌레, 달』(1996), 『나비의 침대』(2002), 『물고기가 온다』(2004)까지를 나란히 놓고 보면, 그의 시가 도시의 한복판에서 그것을 벗어난 일탈의 공간을 지향하고 있음을 어렵지 않게 알 수 있다. 일 년의 간격을 두고 발간된 첫 시집과 두번째 시집의 시들은 도시의 중심에 있는 자아의 소외된 삶의 기록이다. 여기에 실린 시들은 도시의 호흡에 어울리게 메마르고 팍팍하고 건조하다. 시적인 자아는 이러한 도시성에 환멸을 느끼며 동시에 그것에 익숙해져 있다. 두번째 시집 『의자, 벌레, 달』에서 그는 존 레넌과 짐 모리슨의 노래에 공감하고(「길 건너 신호등 아래 서 있는 不在」「길 건너 전신주 아래 기대 서 있는 不在」), 제레미 아이언스의 눈에서 자신의 신경증과도 같은 불안을 발견하며(「불안이라는 이름의 질병」), 텔레비전과 비디오테이프와 더불어 시간을 보낸다(「어둠 속의 거울, 비디오, 비상구」「통속적인 노을」). 김형술은 도시의 환경에 저항하기보다 그것에 흠뻑 빠져버린 자아를 등장시킴으로써 도시인의 일상을 그려낸다. 숱하게 등장하는 팝송과 대중가요, 영화의 토막들은, 그의 세상을 읽는 코드가 이미 문명적인 방식에 속한다는 것을 보여주는 것이다. 도시에 길들여진 도시의 아이인 시적 자아는 도시의 생활들을 선명하고 직접적으로 그려낸다.

그 한편에는 이러한 도시의 속도를 잠시만이라도 늦추고 싶어하는 상징인 '의자'가 놓여 있다. 의자는 '차와 식사, 독서와 TV 보기 따위 기본적인 임무 외에도 높은 벽에 못 박기, 애꿎은 발길질당하기, 불안 해소용으로 사정없이 흔들리기'와 같은 용도로 사용되는 일상의 도구이다. 그러나 의자가 진가를 발휘하는 것은 이러한 용도성을 폐기당하고 난 후부터이다. 망가질 대로 망가져 도구로서의 가치가 없어진 의자는 모든 이의 관심에서 잊혀진 후 비로소 자신의 본질인 '꿈꾸기'에 몰입한다("신경통의 다리와 수전증으로 떨리는 팔을 매단 등은 형편없이 굽어버려 이젠 누구도 그에게서 평화와 휴식 같은 사치를 기대하지 않으므로 모든 관심이 떠나버린 한가한 시간을 그는 오로지 꿈꾸기에

만 매달린다. 꿈이란 얼마나 아름다운 위안인가. 모든 것이 그렇듯 지나치지만 않는다면"(「의자, 벌레, 달」, 『의자, 벌레, 달』). 의자는 모두가 속도에 정신이 팔려 앞으로만 나아갈 때, 혼자 멈추어 자신과 주변을 돌아다보는 반성성을 상징한다. 그것은 '시인'이라는 존재가 가지는 의무이자 권리이다.

김형술의 시에는 '시인'이라는 존재의 정체성에 대한 질문과 답변이 줄곧 반복된다. 처음에 그것은 도시 속의 아웃사이더로서 메마르고 건조한 일상을 몸으로 구현하는 수동적인 존재이다가, 점차 꿈꾸기를 사수하는 적극적인 존재로 변모한다. 공통적인 것은, 시인은 말을 이해하고 그것을 다듬으며 끊임없이 말과 싸우는 존재라는 점이다("한줌 말의 영혼을 이해하기 위하여 / 얼마나 오래 어둠 속을 서성여야 하는지"(「뜨거운 양철지붕 위의 시인」, 『의자, 벌레, 달』). 말에 대한 자의식은 그의 시가 출발하는 지점이기도 하다. 타이프라이터, 팩시밀리 등 언어를 만들어내는 새로운 도구들에 대한 관심은 도시적인 '말'의 소통 상황을 살피려는 시도이다. 손으로 쓰는 글씨가 기계에 의해 대체되고 사람 사이의 말의 내용이 팩시밀리 하나로 전송되는 현실에서, 시인의 말은 빈사지경에 이른다("전 생애를 걸어 준비한 한마디는 미처 숨을 고르기도 전에 에러(당신의 생애는 지나치게 낡은 구형의 모델, 한 번도 낳지 못한 말의 주검들이 쌓여 있군요 슬픔을 갈아끼우고 햇빛을 껐다가 다시 켜보시면……)"(「팩시밀리는 날마다 유서를 쓴다」, 『의자와 이야기하는 남자』)). 말의 공해 속에서 시인은 완결된 문장을 만들지 못하고 더듬거리거나(「말더듬이의 별」, 『나비의 침대』), 토막난 말들을 부여안고 있는 자이다.

특이한 점은, 이처럼 비관적인 현실 인식의 한편에 그것을 치유하는 낙관적인 전망이 함께하고 있다는 사실이다. 낙관적인 전망은 두번째 시집인 『의자, 벌레, 달』의 뒷부분에 있는 '노래' 들에서 나타난다.

모든 아름다움 속에 숨어 있는 슬픔
슬픔 깃들지 않은 아름다움의 공허함
그걸 깨우친 건 그의 노래들

결코 내 것이고 싶지 않았던 스무 살
숨죽여 부르는 노래마다 묻어나는
칼날 같은 적의를 허공에 휘두를 때
서투른 분노로 베어지는 건 없다고
말없이 고개를 짚어오던 것도

—한밤중에 눈이 내리네 소리도 없이
　　가만이 눈감고 귀 기울이면
　　까마득히 먼 데서 눈 쌓이는 소리
　　(……)

　　독풀처럼 자라는 어둠 한가운데서
　　꿈꾸었네 세상 모든 눈물과 선혈
　　온전하게 노래할 수 있게 되기를

　　접고 접어 아주 작아져버린 슬픔을
　　보일 듯 안 보이게 영혼에 숨기고
　　시냇물보다 낮게
　　미풍보다 여리게
　　슬픔 속에 숨어 있는 아름다움을
　　다스려 가만가만 눈뜨게 하는
　　노래의 힘을 가지리라고
　　　　　　　　　　—「노래, 침묵—송창식」중에서

　　이 시의 시적인 자아는 황폐한 도시에 맞서는 예민하고
불우한 자아가 아니라, 노래에 자신의 감정을 이입하는 낭
만적 자아이다. 그의 분노와 적의를 다스리고 아픈 마음을

달래는 것은 노래의 구절이다. 노래는 조급한 마음을 달래고 슬픔을 아름다움으로 치환하며 가만가만히 희망과 미래를 일깨운다. 이는 송재학이 지적하고 있는 것처럼(「노래의 형식에 떠민 삶」, 『의자, 벌레, 달』 해설), '의자-증오'에 대응하는 '노래-기차'의 축이다. '의자-증오'가 도시 문명 속의 지치고 날 선 자아의 고백이라면, '노래-기차'는 아련한 그리움과 희망을 간직한 서정적 자아의 목소리이다. 이러한 서정성을 간직하고 있음으로 해서 그의 시는 『의자와 이야기하는 남자』의 출구 없는 절망에서 벗어난다. 『의자와 이야기하는 남자』가 소외된 자아의 수동적인 삶을 보여준다면, 『의자, 벌레, 달』부터 시작된 꿈꾸기는 『나비의 침대』에서 본격적으로 시작되고, 『물고기가 온다』에서 더 진전된 적극적인 꿈꾸기에 도달한다.

시인은 노래에 기대어, 세상을 견디고 구원하는 힘을 얻는다. 상처받은 영혼에서 상처를 준 세상을 응시하고 상처를 딛고 일어서는 의지적인 존재로 변모하는 것이다. 그는 '꽃피는 틈을 꿈꾸는 초록뱀'이고(「초록뱀가죽구두」, 『나비의 침대』), '제 안의 말을 태워 세상을 지키는' 존재(「보일러, 보일러」)이며, 자신의 몸 안의 바다 속에 물고기의 기억을 간직한(「욕망이라는 이름의 물고기」) 존재이다. 이런 맥락에서 그의 시는 도시의 아웃사이더가 꿈을 획득

해가는 과정이라고 해석할 수 있다.

『물고기가 온다』는 비극성과 낙관적인 희망이 함께 얽혀 있는 그의 시적인 특징이 후자 쪽으로 좀더 기울어져 있다. 그것은 도시에서 자연으로, 이성에서 감성으로, 인공물에서 자연물로 변화하는 시적인 변화과정을 압축하여 보여준다. 시집을 형성하고 있는 두 가지 대응축은 '인공, 문명, 부자연스러움-어둠-현실-딱딱함과 자연, 날것, 자연스러움-빛-환상-부드러움이다. 폐차장 시리즈가 전자를 대변하는 반면, 물고기가 등장하는 시들은 후자에 속한다.

　나는 부랑자, 즐거운 집 없는 사람 세상 아무 다리 아래에서나 노래하죠 찌그러진 드럼통 위에 걸터앉아 다리를 흔들고 구멍난 구두 사이 때 묻은 발가락을 흔들며 크게 소리내어 랄라라 랄라 아무것도 하지 않고 그저 노래만 불러대죠 "악마에게 연민을, 악마에게 연민을" 때때로 "연인"으로 잘못 노래할 때면 구구구 비둘기떼 날아와 내 머리 속 쓰레기 더미를 쪼아대곤 하죠

　나는 아무도 아닌 사람, 꺼릴 것 없는 천국의 이방인, 벽 없고 지붕만 있는 아름다운 집 그늘에서 붉고 푸른 폐수에

그림자를 썻죠 죽은 꽃, 썩지 않는 주검, 멈춰버린 시간들,
배낭 가득 채우고 이름 속에 구겨넣으며 걷죠 멈추지 않죠
죽음은 나의 누이, 나의 애인, 어머니, 잃어버린 죽음을 따
라 하수구를 따라가노라면 앞을 막아서는

　　갇혀 있는 구름……

　　　　　　　　　　　　……닫혀 있는 의자

　　　　　　　……울부짖는 집

　　　　　　　　　　……때 묻은 아침들……

　　　　　　　—「폐차장에서 부르는 노래」 중에서

　폐기된 자동차가 해체되어 쌓여 있는 폐차장은 문명의
하수구, 쓰레기장이다. 찌그러진 드럼통과 붉고 푸른 폐수
와 동작을 멈춘 기계 부품들이 쌓여 있는 곳. '나'는 그곳
에서 노래하고 밥을 먹고 책을 읽는다. '나'는 내 안에 칼
날을 감추고(「식사」) 더러운 폐차장 한구석에서 노래하는
부랑자이고, 천국의 이방인이다. 모든 것이 썩고 병들고
폐쇄된 현실에서, 시인은 천장에 형광별을 붙이고 벽에 둘
러싸여 있거나(「폐차장의 저녁」), 거대한 쓰레기 무덤에
갇혀 있다(「폐차장에서의 식사」). 김형술은 음습하고 은밀

한 도시의 이면을 익숙한 솜씨로 크로키한다. 특히 그의 시는 어둠을 노래할 때 매력적인데, "지상으로 햇빛을 쏟아붓는 건 / 내 몸 속의 검은 꽃" "검은 밥을 먹고 자라는 / 검은 꽃의 힘"(「소풍」)과 같은 구절에는 악마적인 이미지들이 꽃피어나는 듯한 불길한 매혹이 있다. 그의 시는 이처럼 악취와 어둠, 폐쇄 속에서 탄생한다(「악몽을 방지하는 법」 「유리침대」 「시간의 유령」).

그러나 어둠은 동시에 그의 환상이 시작되는 시간적, 공간적 조건이다. 밤은 신비롭고 은밀하며 새로운 생성을 품고 있는 시간이다. 시적 자아는 자주 잠들어 있고, 자다가 문득 어둠 속으로 호명당해 불려나간다. 한밤중에 가위눌려 일어나고(「보일러, 보일러」), 잠과 현실 사이의 몽환 속에서 말 한 마리를 바라다본다(「어둠 속의 흰 말」). 그는 모두가 잠든 밤에 홀로 일어나 어둠을 지키고, 환상 속에서 새로운 세상의 도래를 예감한다("온밤 내 거친 잠 속의 불씨들 다독인다 차가운 지붕을 어루만지며 지상으로 내려오는 순한 별빛들 받는다 인적 드문 골목마다 일어서는 저 낮고 가열찬 심장의 박동 소리 // 선홍빛, 꽃내음나는 새벽으로 성큼성큼 걸어간다"(「보일러, 보일러」)). 환상 속에서 어둠은 빛으로 통하고, 악몽은 희망과 섞이어 있다.

이번 시집에서 환상의 주된 소재는 물고기이다. 시인은

어둠 속에서 퍼덕거리는 물고기떼를 만난다(「물고기가 온다」). 물고기는 부드럽고 유연하고, 숨을 쉬고, 피어난다("어두운 벽들마다 물고기가 피었다/비늘인 양 물고기들을 매단 채/아가미를 단 듯 부드럽게 벽들이 숨을 쉬었다"(「안녕하세요! 물고기」)). 벽을 뚫고 쏟아져나오는가 하면, 구름 사이를 날아다닌다("어떤 날은/흰 물고기들이 벽을 뚫고 쏟아져나와/구름 사이를 날아다닌다 딱딱한/ 등줄기를 거슬러오른다/투명한 지느러미를 가진 물고기들"(「물고기 편지」)). 그것은 내 호주머니 속에도 있고(「욕망이라는 이름의 물고기」), 구름 속에도 있고(「구름 속의 교회」), 마주치는 사람의 등뒤에도 있다(「물고기와 춤을」).

물고기는 도시의 딱딱하고 날카롭고 뾰족한 물질성과 대립되는, 유연함과 일렁임, 곡선, 생명의 호흡 등을 상징한다. 그것은 보이지 않는 벽들에 구멍을 내고 경계를 무너뜨림으로써(「물고기 편지」「물고기의 별」), 의사소통을 가로막는 것들을 허물고 길을 낸다. 또한 물고기는 굳어버리기 이전의 '날것'을 상징한다. 그것은 「클라리넷 부는 남자」(『의자, 벌레, 달』)에서 시적 자아가 몸 안에 감추고 있는 '벌레'와 상통한다. "벽 속의 숨겨진 균열 자국을 통하여 연기처럼 세상으로 날아나오는 벌레들"은 내 안에 숨겨져 있는 순수함의 표상이다.

꽃 속엔 벌레
내 마음엔 우레

흔들림을 감추려
서로 외면하며
돌아서지만

꽃잎 사이 햇빛
내 마음엔 깨진 거울

반짝이는 건 모두 웃음이라며
봄 한낮 느릿느릿 횡단보도를 건너간다

흔들리지 않는 것이 어디 있으랴는 듯 맹렬히 서 있는
것들을 흔드는 아지랑이 나른히 녹아내리는 시간 속으로
흰 나비떼는 날아오고 바람은 아득한 세상 밖에 서 있는데

거울 조각으로 꽃잎 속 벌레들을 죽일까 꽃잎 모두 따서
이 거울을 덮을까 숨겨둔 날 선 기호들 증오로 흉포해진
기표들 흔들림만이 살아 있는 것이라며 굳이 길을 막아서

는 이 햇살은 왜 구부러지는가

꽃 속엔 우레
내 마음에 들끓는 벌레

꽃대궁 가득 화안한 꿈
내 안에 검은 산문

—「꽃과 우레」 중에서

꽃 속에 숨어 있는 벌레는 내 안에 숨은 우레와 동일시
된다. 내 안에 숨겨져 있는 '날것'이 우레라면, 벌레는 꽃
안에 숨어 있는 날것이기 때문이다. 꽃과 '나'가 하나가
되고 우레와 벌레가 하나가 되면서, 내 안에는 '꽃대궁 화
안한 꿈'이 열리고, 증오와 난폭함으로 갈등하는 마음은
다시 잔잔해진다. 날것들이 가지고 있는 힘은 무엇보다도
자연스러움이다. 인위적인 힘에 굴복하지 않고 생겨난 그
대로를 유지하는 것이야말로 '날 선 기호들과 증오로 흉
포해진 기표들'에 대항하는 방법인 것이다. 기호와 기표
로 상징되는 도시성은 서로 다른 본성을 가진 것들을 정형
화된 틀 안에 거두어 획일화시킨다. 물고기는 이처럼 경직
된 현실의 힘살들을 물어뜯어 부드럽게 풀리게 함으로써

자연스러운 본성을 회복하게 한다("물고기들이 물어뜯어 부드럽게 풀린 물의 힘살"(「웃는 물고기」)). 이런 면에서 물고기는 현실의 억압과 부자유를 풀어주는 해방적인 속성을 가지고 있다.

이러한 물고기의 상징성은 이전의 시에서 그가 의자에 앉아 바라보던 '달'의 이미지와 연결되어 있다. '박제되어 굳어버린 인간의 정원'(「플라스틱 정원」, 『의자, 벌레, 달』)인 도시에서 바라보는 '구겨져 파지가 된 낮달'(「육교 위의 희망」, 『의자, 벌레, 달』)은 잊혀진 기억과 순수, 희망을 상징하며, 서정적이고 낙관적인 자아를 대변한다. 의자가 꿈꾸기를 가능하게 하는 조건이라면, 달은 꿈꾸기의 내용이다. 달은 거울처럼 모든 것을 비추고(「개와 담배와 거울」), 딱딱해진 것들을 부드럽게 바꾸며, 그 모든 것을 품는다(「달이 있는 겨울」). 이 시집에서는 그 달이 물고기로 육화되고 있는 것이다("부풀어오른 몸으로 달이 제 육신을 헐어 / 난바다와 기꺼이 몸을 섞는 밤 / 물방울처럼 가볍게 솟아올라 / 어둠 속에 제 문신을 찍는 // 물고기는 집을 가지지 않는다 / 넓고 깊고 둥근 하늘을 가질 뿐"(「물고기의 별」)).

그리고 무엇보다도, 물고기는 우리 모두의 가슴속에 있다. 우리 안에 있는 그것은 잊혀진 자유의 기억, 흐름의 기억이다. 그것은 가장 자연스럽고 날것인, 몸 안에 각인된

원시로부터의 생명의 표지이다. 김형술은 "저와 춤을 추시겠습니까 다시 한번"이라고 말하며, 다른 이들에게도 꿈을 꾸어보라고, 당신의 가슴에 몸에 묻혀 있는 물고기를 꺼내어보라고 권유한다.

> 물고기 한 마리 꽃인 양 귓등에 꽂고
> 저와 춤을 추시겠습니까
>
> 어깨를 껴안고 바람을 가를 때마다
> 수줍게 숨을 쉬는 건 물고기가 아니라
> 그대 안에 잠들었던 바다입니다
>
> 등줄기에 숨겨진 지느러미
> 물풀처럼 부드럽게 부풀어오르고
> 햇빛에 반짝이는 비늘, 비늘로
> 온통 물빛 투명한 세상
> 그대 몸내음 꽃보다 붉으니
>
> ──「물고기와 춤을」 중에서

여기서 주목해야 할 점은 물고기가 가지고 있는 환상성이다. 물고기는 팍팍한 현실에서 탈피하고자 하는 시인의 바람이 만들어낸 환상이다. '물고기'는 자연에서 구해진 소재이지만, 실제의 물고기가 아니라 추상적인 상징어일 뿐이다. 『물고기가 온다』에서 자연은 달, 물고기, 나비, 바다, 구름 등의 단편적인 이미지가 교차하는 환상적인 공간이다. 그것은 『의자, 벌레, 달』의 '황포돛대'와 '사랑이 메아리칠 때'의 서정적인 흐름에 연결되어 있지만, 성격은 전혀 다르다. '황포돛대'가 자연적이고 유년적인 상상력에 바탕하고 있는 것임에 비해, '물고기'는 환상적이고 미래적인 상상력의 극치를 보여준다. 그러므로 그것은 도시성과 상반되는 자연성 혹은 현실과 대비되는 과거에 대한 그리움과는 성격이 다른 것이다. 김형술의 시는 돌아가고자 하기보다 무엇인가를 지향해서 나아간다. '물고기'가 미래적이라는 것은 이를 두고 하는 말이다. 경직된 현실을 넘어선 환상의 영역은 자유롭고 무한하다.

그러나 이러한 환상이 발전적인 것인가, 라는 질문에는 서로 다른 대답이 존재할 것이다. 환상의 뒷면에는 언제든지 환상의 달콤함을 깨뜨릴 수 있는 현실의 어두운 심연이 놓여 있다. 현실은 천장에 인조별을 붙인 낡고 폐쇄된 벽 속의 벽이고, 반짝이는 죽음과 시든 꽃들로 뒤덮인 폐허이다(「폐차장의 저녁」). 이러한 현실에서 환상의 공간으로 옮겨가는 계기는 '얼음새벽' '얼음폭풍'인데, 그것은 다

분히 묵시록적인 뉘앙스를 풍긴다. "얼음폭풍의 나날, / 날개 달린 의자를 노래하는 / 예언서는 날마다 빠른우편으로 와 / 하늘 가득 흩어져 저마다 별이 되고 // 세상의 길들 모두 이곳으로 와 / 긴 허물을 벗고 낡은 혀를 뱉는다 / 죽은 길의 뒤쪽에서 / 일어서는 희디흰 햇빛의 징후들"(「폐차장에서의 독서」)이나 "세상에서 가장 큰 풍랑이 오는 아침 / 태초의 말씀 같은 빛이 솟는 저녁"(「천국의 물고기」)에서, 얼음폭풍은 난세를 치죄하는 전복의 징후이며, 새로운 세계의 도래를 알리는 전주곡이다.

노아의 대홍수를 연상시키는 이 부분은 『의자, 벌레, 달』의 「장마」에서도 이미 나타나 있다. '곧 하늘이 무너지리라는 소문'이 떠돌고 불길한 사이렌 소리가 도시를 휩쓸고 지나간다. 연이어 들이닥치는 폭우와 번개가 썩은 도시를 강타한다. 그 소란 속에서도 '눈물 글썽이는 해맑은 눈빛의 가로등 행렬'을 등장시켜 희망적인 암시를 주는 것은 「폐차장에서의 독서」와 비슷한 결말이다. '장마'가 현실적이고 소박한 비유라면, '얼음폭풍'은 종교적이고 장대하다. 두 시의 공통점은 부정적인 현실을 넘어서는 방법으로, 인간의 능력을 벗어난 믿음과 환상을 끌어들이고 있다는 것이다. 이런 면에서 그의 시는 낭만적이다. 이때 낭만성은 자신의 소망을 현실이라고 믿고 싶은 심리의 발

현이거나 소망이 이루어질 수 없음을 아는 데서 오는 허무
주의와 맺어져 있다.

환상의 극치를 보여주는 이번 시집에서 김형술은 자신
안에서 와글와글 들끓고 있는 말들을 그대로 풀어놓는다.
꿈틀거리는 말, 살아 있는 말, 날것 그대로의 말이 풀려나
오며 단어와 이미지가 반복되고 말들은 화려해진다. 표면
상으로 본다면, 적어도 이 시집에서 그는 말에 대한 엄격
한 자의식에서 조금은 자유로워진 것처럼 보인다. 어조는
조금 더 높아졌고, 숨어 있던 감성들은 자유롭게 풀려 있
다. 절제되고 다듬어진 언어들 대신, 풍부하고 강렬하며
자기 암시에 찬 언어들이 쏟아져나온다. 여기서 말은 이해
되기보다 느끼고 품고 새기는 것이다.

'의자'라는 개성적인 상징을 보유하고 있는 그가 새롭
게 선택한 상징은 '물고기'이다. 이 상징은 물고기 자체에
대한 새로운 해석에 바탕한 것이라기보다는, 반복되는 말
들과 화려한 수사로 꾸며져 일종의 주술성을 띠고 있다.
그런 면에서 이번 시집의 시들은 분석이나 해석을 원하지
않고 공감하기를 원한다. 그의 '물고기'는 이해되기보다
함께하기를 권유하고 있는 것이다. 그의 예민한 도시적 감
수성에 매력을 느꼈던 독자들에게, 이러한 변화는 낯설고
예기치 않은 것일 수 있을 것이다. 이러한 변화가 시적인

전환인지, 나선형의 발전의 한 과정인지는 두고 보아야 할 일이다. 그래서 그의 시는 다시 한번, 더 읽힌다.

그 봄 달빛이 내게 뭐라고 속삭였지?

봄저녁이다. 어스름이 산을 내려와 들판을 건너고 있을 무렵이면 마을의 누이들이 하나둘 개울가로 모이기 시작한다. 그들의 손에는 저녁거리로 씻어야 할 푸성귀나 가벼운 빨랫감들이 들려 있다. 개울가 탱자나무 울타리엔 흰 탱자꽃이 점점이 떠 있고 벚나무 살구나무가 무성히 피워 올린 희고 붉은 꽃잎들을 아직 접을 생각이 없다는 듯 저녁이면 잔잔해지는 개울물 위에 다투어 제 모습들을 비추어 보인다. 마을의 집들이 하나둘 흰 연기를 굴뚝에서 피워올리자 누이들도 이야기꽃을 피우기 시작한다. 하루 종일 들로 산으로 쏘다니느라 허기에 지친 까까머리 아이들 몇이 돌담에 기대어 개울가 누이들의 이야기를 듣는다. 빨리 이야기를 끝내고 집으로 돌아와 저녁밥을 지어주기를 기다리면서 봄날의 노오란 허기를 견디는 중이다. 아이들의 재촉을 한 귀로 들어넘기면서 누이들은 동네 남정네 이야기며 시집가는 이야기며 마을 안팎의 이런 저런 소문들을 까르르 까르르 터지는 웃음소리와 섞어 저녁 어스름 속으로 띄워올린다. 오늘 저녁밥도 늦어지겠구나. 하지만 아이들은 그보다 늦은 일터에서 돌아오실 부모님의 호통이 더 걱정스럽다.

'산산이 부서진 이름이여! / 허공중에 헤어진 이름이여 / 불러도 주인 없는 이름이여! / 부르다가 내가 죽을 이름이여!' 갑자기 개울가가 조용한가 싶더니 낭랑한 목소리가 잔잔한 물결 위로 미끄러진다. 늘 새로운 소식들을 갖고 오는, 대처에서 여고 다니는 둘째 누이의 목소리다. 누이의 차례가 끝나자 거기에 화답하듯 또 누군가의 목소리가 뒤를 잇는다. '나 보기가 역겨워 / 가실 때에는 / 말없이 고이 보내드리오리다. // 영변에 약산 / 진달래꽃 / 아름 따다 가실 길에 / 뿌리오리다.'

사위는 점점 어두워오고 소를 몰고 들판에서 돌아오던 누군가가 잠시 다리 위에 서서 누이들의 목소리에 귀기울인다. 한참이나 주거니 받거니 오가던, 대화도 노래도 아닌 목소리들은 '내 마음은 호수요 그대 노 저어 오오' 하는 노래의 합창으로 끝을 맺고는 서둘러 각자의 집으로 바쁘게 돌아간다.

개울가엔 이제 어둠 속에서 더 또렷하게 떠오르는 흰 꽃잎들과 이따금씩 몸을 뒤치는 들새들의 날갯짓 소리만 남는다. 하지만 나는 돌담 가의 아이들마저 돌아간 빈 어둠 속에 서서 여전히 무언가를 생각중이다. 산산이 부서진 이름? 허공중에 헤어진 이름? 이름이 어떻게 부서지고 헤어지지? 나는 가만히 내 이름을 허공에 띄워본다. 하지만 여전히 작은 머릿속은 의문투성이다.

아니 그건 머릿속이 아니라 가슴에 남아서 알지 못할 여운을 남기고 있는 중이다. 영변에 약산? 거긴 어떤 곳일까? 문득 길 위에 흩뿌려진 붉은 진달래꽃잎들이 눈앞 가득 펼쳐진다. 낭송하는 누이들의 목소리엔 알지 못할 슬픔이 엷게 배어 있었다. 그러니 이건 어쩐지 슬픈 풍경 같다. 그게 뭘까? 이건 또 뭐지? 슬프기도 하고 그렇지 않기도 한 채로 가슴에 묻어 있는 이 느낌은? 아홉 살 아니면 열 살의 어린 나는 갑자기 무언가를 알아버린 듯한 느낌에 사로잡힌다. 마을과 산과 들판, 개울과 꽃과 여치, 풀무치,

버들붕어처럼 익숙하게 만나는 그런 세계가 아니라 한 번도 가본 적 없고 상상해보지 못한 어떤 낯선 세계가 있으리라는 막연한 느낌. 들판 끝의 산 위엔 어느새 어린 별들이 꽃잎처럼 가득 흩어져 있다. 잠자리에 들어서도 나는 그 말들이 가져다준 느낌을 지우지 못하고 뒤척인다. 뒤척이다 일어나보면 달빛이 봉창을 하얗게 물들이었고 가만히 봉창을 밀자 돌담 가에 선 버드나무가 제 긴 그림자를 마당 가득히 펼쳐놓고 있다. 적막하다. 그 적막이 어쩐지 슬픈 듯하여 아이는 문득 숨을 멈춘다.

이것이 내가 시(詩)라는 이름과 만난 최초의 기억이다. 내가 떠올리는 시의 첫 모습은 언제나 봄저녁의 향기로운 어스름 속으로 울려퍼지며 마음을 건드리던 이상하고 낯선 느낌의 울림, 그것이다. 하지만 이것이 내 삶을 통제하고 지배하게 될 것이라고는 그때는 미처 알지 못했다. 그 봄의 달빛이 내게 뭐라고 속삭였기에.

물고기가 온다

ⓒ 김형술 2004

초판인쇄	2004년 10월 25일
초판발행	2004년 11월 10일

지 은 이	김형술
펴 낸 이	강병선
책임편집	차창룡 조연주 황문정 이상술
펴 낸 곳	(주)문학동네
출판등록	1993년 10월 22일 제406-2003-045호

주 소	413-756 경기도 파주시 교하읍 문발리 파주출판도시 513-8
전자우편	editor@munhak.com
전화번호	031) 955-8888
팩 스	031) 955-8855

ISBN 89-8281-899-5 02810

www.munhak.com

문학동네 시집